Nota para los padres y encargados:

Los libros de *Read-it! Readers* son para niños que se inician en el maravilloso camino de la lectura. Estos hermosos libros fomentan la adquisición de destrezas de lectura y el amor a los libros.

 El NIVEL MORADO presenta temas y objetos básicos con palabras de alta frecuencia y patrones de lenguaje sencillos.

 El NIVEL ROJO presenta temas conocidos con palabras comunes y oraciones de patrones repetitivos.

 El NIVEL AZUL presenta nuevas ideas con un vocabulario más amplio y una estructura gramatical más variada.

 El NIVEL AMARILLO presenta ideas más elevadas, un vocabulario extenso y una amplia variedad en la estructura de las oraciones.

 El NIVEL VERDE presenta ideas más complejas, un vocabulario más variado y estructuras del lenguaje más extensas.

 El NIVEL ANARANJADO presenta una amplia de ideas y conceptos con vocabulario más elevado y estructuras gramaticales complejas.

Al leerle un libro a su pequeño, hágalo con calma y pause a menudo para hablar acerca de las ilustraciones. Pídale que pase las páginas y que señale los dibujos y las palabras conocidas. No olvide volverle a leer los cuentos o las partes de los cuentos que más le gusten.

No hay una forma correcta o incorrecta de compartir un libro con los niños. Saque el tiempo para leer con su niña o niño y transmítale así el legado de la lectura.

Adria F. Klein, Ph.D.
Profesora emérita, California State University
San Bernardino, California

Editor: Christianne Jones
Page Production: Melissa Kes/Tracy Davies
Art Director: Keith Griffin
Managing Editor: Catherine Neitge
The illustrations in this book were created digitally.
Translation and page production: Spanish Educational Publishing, Ltd.
Spanish project management: Jennifer Gillis/Haw River Editorial

Picture Window Books
5115 Excelsior Boulevard
Suite 232
Minneapolis, MN 55416
877-845-8392
www.picturewindowbooks.com

Library of Congress Cataloging-in-Publication Data
Blackaby, Susan.
[Fishing trip. Spanish]
De pesca / por Susan Blackaby ; ilustrado por Ryan Haugen ; traducción, Carlos Ruiz.
p. cm. — (Read-it! readers)
Summary: Easy-to-read text describes Joe and Dad's attempts to catch fish for dinner.
ISBN 1-4048-1684-4 (hard cover)
[1. Fishing—Fiction. 2. Fathers and sons—Fiction. 3. Spanish language materials.]
I. Haugen, Ryan, 1972- ill. II. Ruiz, Carlos, 1949- III. Title.

PZ73.B55243 2005
[E]—dc22   2005024984

De pesca

por Susan Blackaby
ilustrado por Ryan Haugen

Traducción: Carlos Ruiz

Con agradecimientos especiales a nuestras asesoras:

Adria F. Klein, Ph.D.
Profesora emérita, California State University
San Bernardino, California

Kathy Baxter, M.A.
Ex Coordinadora de Servicios Infantiles
Anoka County (Minnesota) Library

Susan Kesselring, M.A.
Alfabetizadora
Rosemount-Apple Valley-Eagan (Minnesota) School District

PICTURE WINDOW BOOKS

Joe prepara el anzuelo.

5

Papá prepara el anzuelo.

Papá y Joe miran los flotadores.

MN1230

MN1230

Joe ve que algo salta.

Papá ve que algo salta.

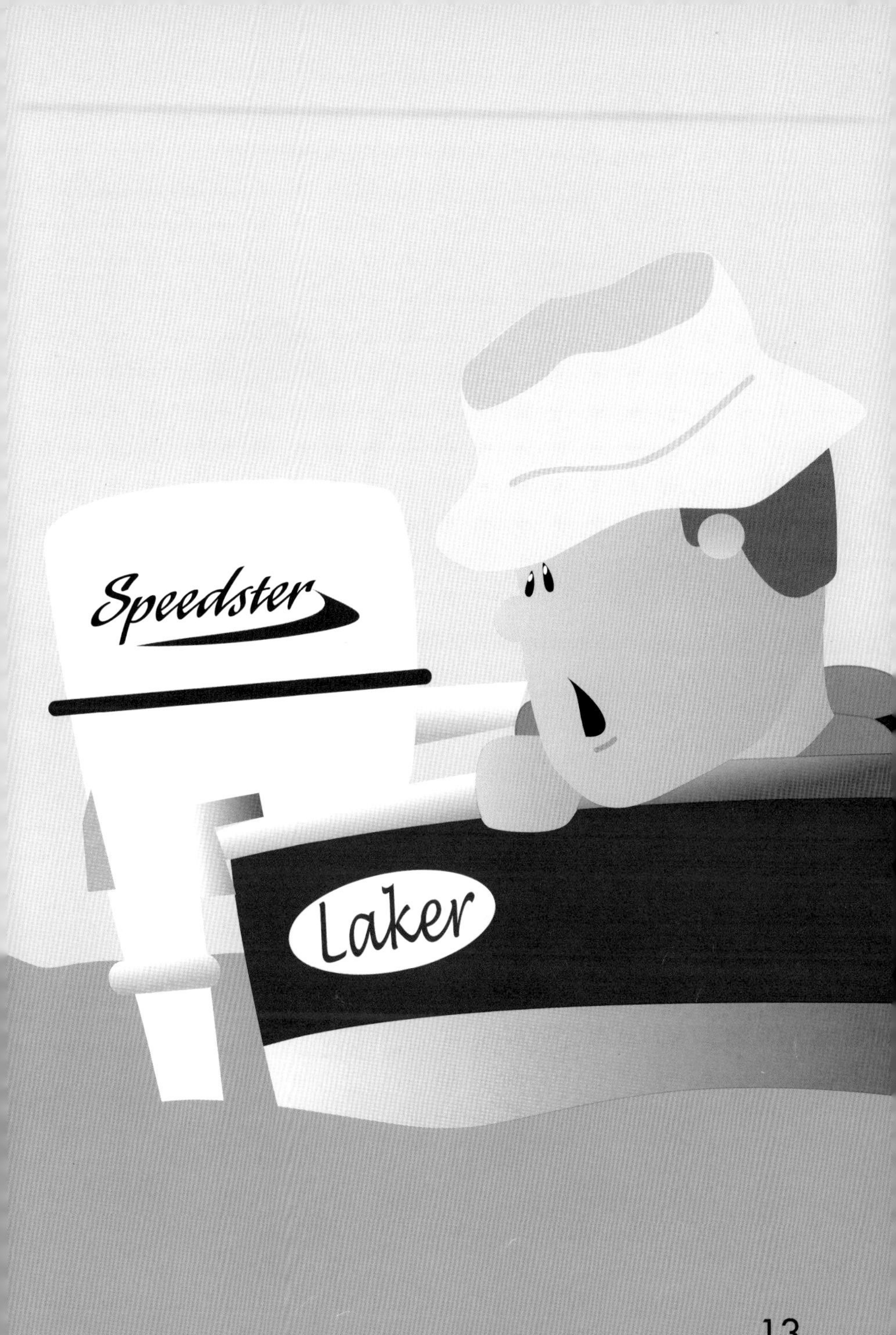
Speedster
Laker

Papá y Joe ven un pez verde.

15

Joe siente un tirón.

MN1230

Papá siente un tirón.

edster

Papá y Joe sacan un pez cada uno.

MN1230

21

Papá y Joe pescan dos peces para la cena.

Más *Read-it! Readers*

Con ilustraciones vívidas y cuentos divertidos da gusto practicar la lectura. Busca más libros a tu nivel.

FICCIÓN

Bess y Tess	1-4048-1689-5
El cuadro de Mary	1-4048-1649-6
Un cuarto para dos	1-4048-1694-1
Dan pone la mesa	1-4048-1682-8
Juanita juega	1-4048-1652-6
El lugar de Luis	1-4048-1688-7
El mejor futbolista	1-4048-1690-9
Mudanza	1-4048-1686-0
El primer día	1-4048-1627-5
Pruébalo	1-4048-1692-5
Acampar	1-4048-1681-X
La carta de Paula	1-4048-1687-9
Eric no juega	1-4048-1683-6
Fito y el pito	1-4048-1691-7
Meg sale a pasear	1-4048-1685-2
Vamos a compartir	1-4048-1693-3
Cansada de esperar	1-4048-1695-X

¿Buscas un título o un nivel específico? La lista completa de *Read-it! Readers* está en nuestro Web site: *www.picturewindowbooks.com*